KB000783

2baru

관심한 사람 정임이
항상 감사드립니다!

GARBAGE TIME

DASAN
COMICS

매일매일 새로운 재미, 가장 가까운 즐거움을 만듭니다.

한국을 대표하는 검색 포털 네이버의 작은 서비스 중 하나로 시작한 네이버웹툰은 기존 만화 시장의 창작과 소비 문화 전반을
혁신하고, 이전에 없었던 창작 생태계를 만들어왔습니다. 더욱 빠르게 재미있게 좌충우돌하며, 한국은 물론 전세계의 독자를
만나고자 2017년 5월, 네이버의 자회사로 독립하여 새로운 모험을 시작하였습니다.
앞으로도 혁신과 실험을 거듭하며 변화하는 트렌드에 발맞춘, 놀랍고 강력한 콘텐츠를 만들어내는 한편 전세계의 다양한 작가
들과 독자들이 즐겁게 만날 수 있는 플랫폼으로 거듭나고자 합니다.

#**07**

가비지타임

글 · 그림 **2사장**

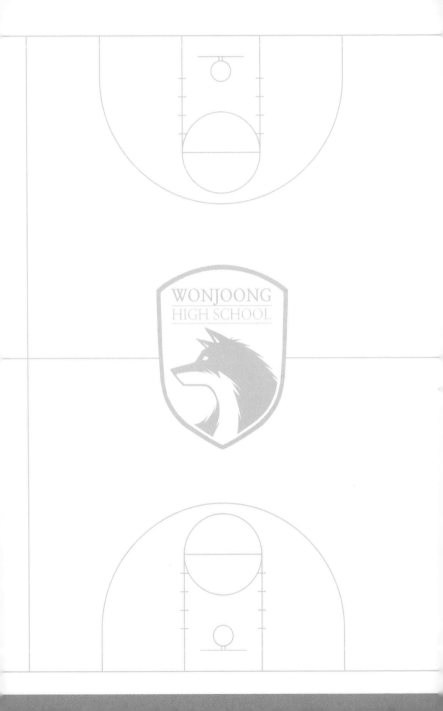

CONTENTS

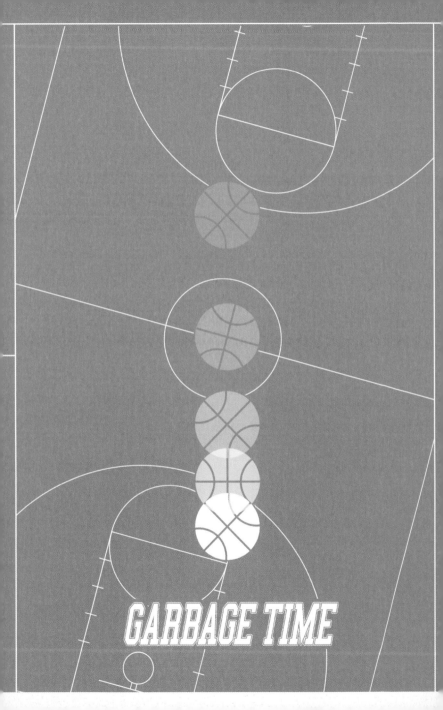

GARBAGE TIME

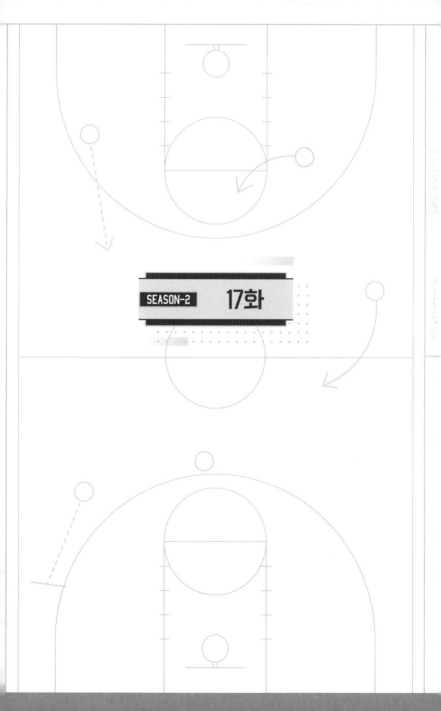

GARBAGE TIME

최상위권 대학에
입학하는 것이
당연시 여겨졌던 강인석에게
뜬금없이 한두 단계 아래 등급인
서교대에 갈 것이라는
소문이 돌고 있다.

보나 마나
서교대에서
업둥이를 받아주는
조건을 제시했겠지.

뭐,
항상 그렇듯이

심증뿐이지만.

거부하기
힘들 정도로
매력적인 관습이지.

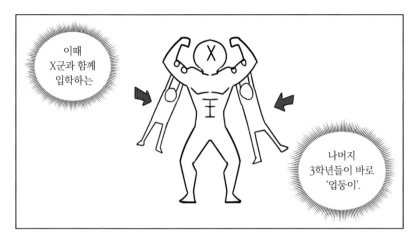

이때
X군과 함께
입학하는

나머지
3학년들이 바로
'업둥이'.

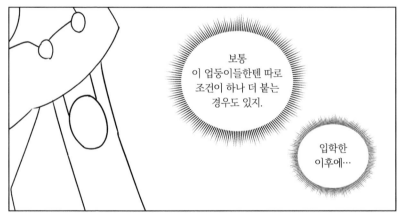

보통
이 업둥이들한텐 따로
조건이 하나 더 붙는
경우도 있지.

입학한
이후에…

농구부를
탈퇴하는 것.

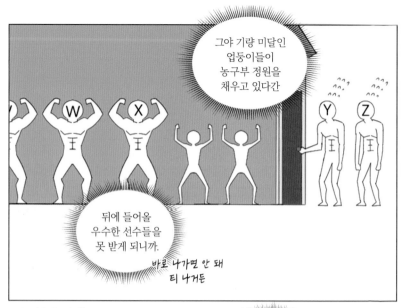

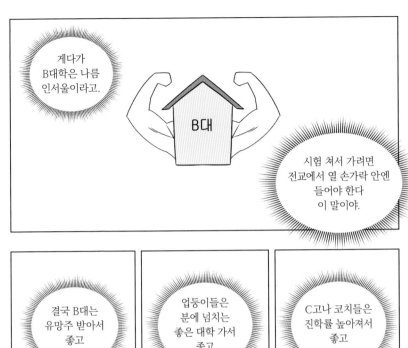

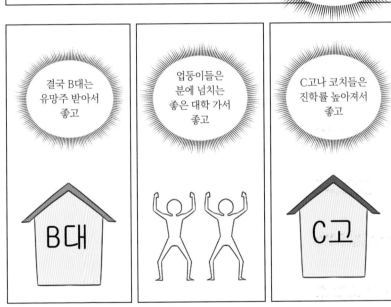

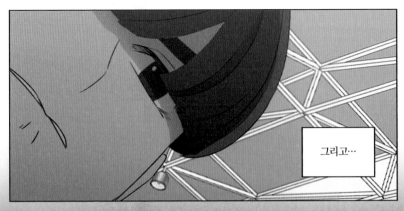

그리고…

인석이는…?

야! 강인석!

너 왜 갑자기
서교대로
간다는 거야!?

16

난 니 도움 없어도
대학 갈 수 있다고!

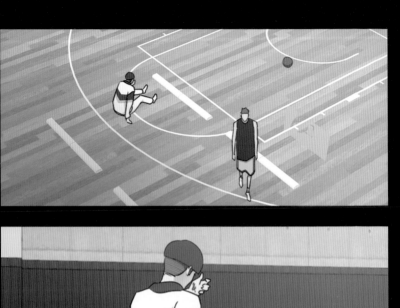

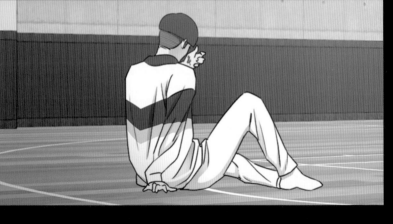

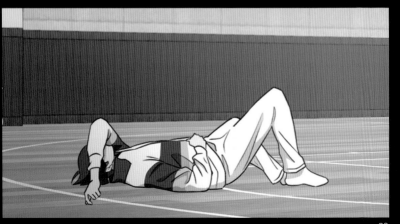

절대로…

농구로
대학에 갈 거야.

강인석
니 도움 따윈
필요 없어.

오로지…

내 힘으로…

00 : 00

신유고　기호전자

4

49 : 61

하…

이미
다 끝난 얘기
다시 꺼내지 마라.

왜 하필
전데요?

중용이는
아닌데요!?

왜
민준이나

얘들은
너보다 큰 데다
더 빠르게
달릴 수도 있어.

1부 대학
입학은 물론 앞으로
가능성이 충분한
녀석들이야.

반면에
너는

작은 데다
느리기까지.

그런 가드는
프로는 물론이고
1부 대학에서도
필요로 하지 않아.

니가
고등학교 수준에선
그럭저럭 괜찮은
가드일지 몰라도

그 위부터는
공격도 수비도
통하지 않을 거다.

하지만 너는

거기에
굴하지 않았고

그 뒤로

나는 너에게
내가 아는 모든 것을
가르쳤어.

너는
큰 폭으로
성장했다.

하지만
거기까지.

난 지금껏
수백 명을 가르치고
수천 명을 지켜봤어.

나한텐
너에게 보이지 않는
결말이 보인다.

시험은 모두 끝났다.

이건 현실이야.

꿈에서 깨어날 시간이다.

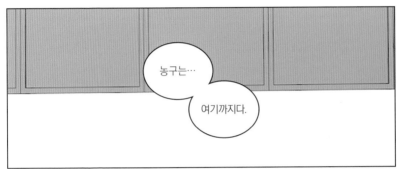

농구는…

여기까지다.

10년 동안… 고생했어.

......

훌륭한 선수로
만들어주지 못해서
미안하구나.

남은 시간은…
내 무능함을 탓하면서
보내라.

…신우야.

아까 너에게
내가 아는 모든 것을
가르쳤다 얘기했지만
실은 가르쳐주지
못한 게 있어.

아무리
슈팅 연습을 한들
모든 슛을 성공시킬 수는
없듯이

아무리
노력해도 실패할 수
있다는 것.

그리고

그게
너가 될 수도
있다는 것.

너처럼
누구보다 성실한 녀석한테
난 도무지…
그 사실을 알려줄 자신이
없었다.

니가 실패하는 걸
지켜보고만 있을 수가
없었어.

계속…
노력한 만큼
보상이 따른다고 믿도록
만들고 싶었고

너를 서교대에
입학시키는 것이
10년 동안 성실히
해온 것에 대한 보상이라
생각했다.

인석이도…

이게 아니면
너가 갈 수 있는
대학은

2부밖에
없어.

2부 대학에
가더라도

계속 프로에
도전할 거예요.

너… 그게 얼마나 말도 안 되는 일인 줄은 알고 있냐?

2부에서 프로 간 사례가 몇 명이나 된다고? 아니, 애초에 그런 사례가 있기는 하냐?

딱 한 명.

있는 걸로 알고 있어요.

……

감독님이
말씀하셨잖아요.

시간에 쫓겨
코트 반대편에서
던지는 장포도

확률이 0이
아니기 때문에
던져야 하는 거라고.

41

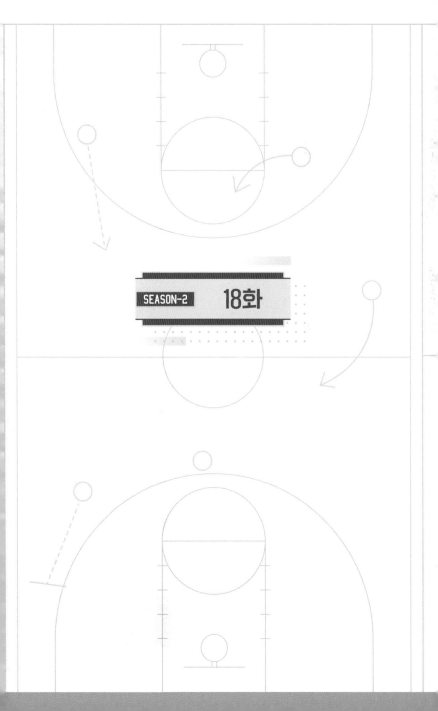

SEASON-2 18화

GARBAGE TIME

하나만
약속해라.

절대로

포기하지
않는다고.

···당연하죠.

좋아.

근데

너 때문에
작전타임을
다 보내버렸거든.

어차피
무슨 말씀 하실지
다 알아요.

그대로
보여드릴게요.

그렇다면
다행이군.

도윤이.

미안하지만
고등학교 데뷔전은
나중이다.

예.

예.

신우
니가 만든
점수 차는

니가 책임지고
복구시켜라.

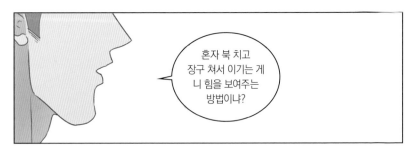

혼자 북 치고
장구 쳐서 이기는 게
니 힘을 보여주는
방법이냐?

농구는 일대일을
다섯 번 하는 게 아니라
오 대 오로 하는 거라잖아.

팀이 이기는 데
도움을 주는 것도

니 힘이라고.

시끄러.
아직까지 아무것도
못 하고 있는
주제에….

스크린이나
똑바로 서.

오냐.

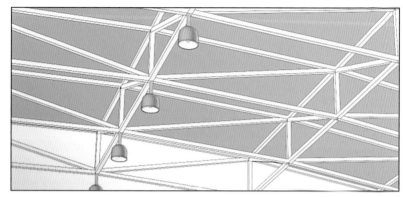

이 대 이?

이거 쫌…

위험할 거 같은데.

아까 강인석한테 스크린 걸렸을 때

완전

벽에 부딪힌 느낌이었다고…!

크헉!?

찬스!

나이스!

08 : 50
신유고   지상고
3
21 : 31

정말 간만에
득점!

왜 지금껏
안 한 거지?

지금의 인석이를
있게 만들어준
가장 큰 무기는

아무도
피할 수 없을 정도로
강력하고 정확한

스크린이다.

다은 햄!

*헷지!

*스크린을 타고 들어오는 볼 핸들러의 돌파 경로를 스크리너의 수비자가 잠시 차단하여 공격을 지연시키고 원래의 마크로 돌아갈 시간을 버는 것.

오키!

파

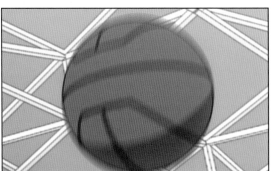

굿샷!

08 : 06

신유고 지상고

3

24 : 31

오오!
역시 강인석…

근데…

그렇게 위협적인
이 대 이라면 완전히
지역방어로 상대하는 게
나을 텐데…

역시
외곽슛을 경계해서
그런 거겠죠?

그렇겠지.
하지만 오판이라고
생각해.

저도요.

이현성 같은
초짜라면
충분한 정보가
없었을 수도 있고.

그게 아니라면
이번에도

그냥
이 대 이 좀 하는가보다~
했겠지

믿는 구석이
있다거나.

하 씨….

신유고가
득점하기 시작하면

속공을
나갈 수가
없다고…!

이럴 때는…!

기상호!

상호!
니 오늘 되는 날이다!
3점 성공률 50퍼센트
(1/2)!

내 어제
꿈에 용이
나왔는데…

니 그 꿈 얘기
한 번만 더 하면
진짜 죽인다!?

아무튼
3점 땡겨!

까비!

백코트!

칫…!

『진심 모드』를 장시간 사용한 나머지 대퇴이두흉쇄유두… 아무튼 거기에 무리가…!

님! 그거 설정 파괴임! 내가 아까 진심 모드 5분까지 가능하다 그랬는데 2분도 안 돼서 끝나면…

야! 헛소리 그만하고 집중해!

오른쪽에 스크린!

계속 이 대 이로 온다!

오케이!

*슬립!?

*스크리너가 스크린을 서주는 척 시늉한 뒤 골 밑으로 쇄도하는 움직임.

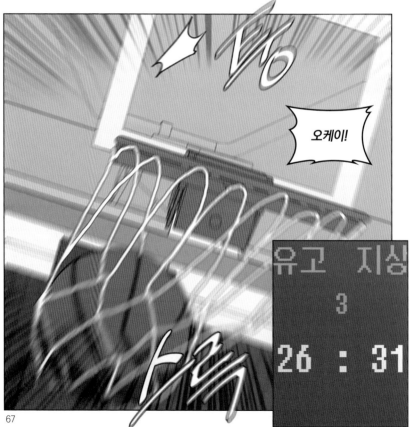

…말도 안 돼.

그동안 봐왔던 투맨 게임이랑은 수준이 다른데…?

둘이 의사 결정하는 게 이래 빨리 이뤄질 수가 있나?

아니면 뭔가…

싸인 같은 거를 주고받나…?

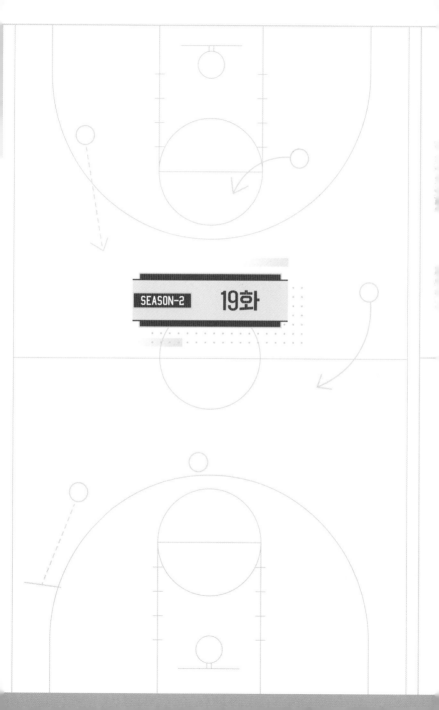

SEASON-2　19화

GARBAGE TIME

소아비만은 전적으로 부모의 책임.

성인의 비만보다 건강에 치명적이다.

—라는 말을 어디선가 듣게 된 엄마는

나를

농구부에 처넣었다.

농구 선수 시킬 건 아닌데··· 같이 운동만 시켜주세요

회비 같은 거 있으면 같이 낼 테니까···

그리고
거기엔

몸이
약하다는 이유로
나와 비슷하게
등 떠밀려 들어온

신우도 있었다.

근데 나…

레이업숏밖에 안 배웠는데.

그때

아무것도 할 줄 몰라서 우두커니 서 있던 나는

우연히

으앗!

스크린을
해버렸다.

그렇게

내 농구 인생
첫 득점을

신우가
어시스트해줬다.

12번의
장거리슛을
유도하는 것.

다은 햄!
앞으로 무조건
슬라이드할게요!

뒤에 너무
바짝 붙지 마요!

오키!

오른쪽!

온다!

이 대 이라는 게
말은 이렇게
쉬워도

모든 선택지를
사용할 수 있으려면
둘의 슈팅 능력도 중요하고
강력한 스크린도
필수적이지.

그중에서도
가장 중요한 건

둘 사이의

인석이와는

초등학교 때부터
호흡을 맞춰왔다.

싸인 같은 건

없어.

슬라이드로 12번이 3점을 던지도록 유도하는 게

확률이 가장 낮은 건 맞지만

그렇다고 12번의 3점슛이 만만한 건 아이다.

진짜…

이게 최선인가…?

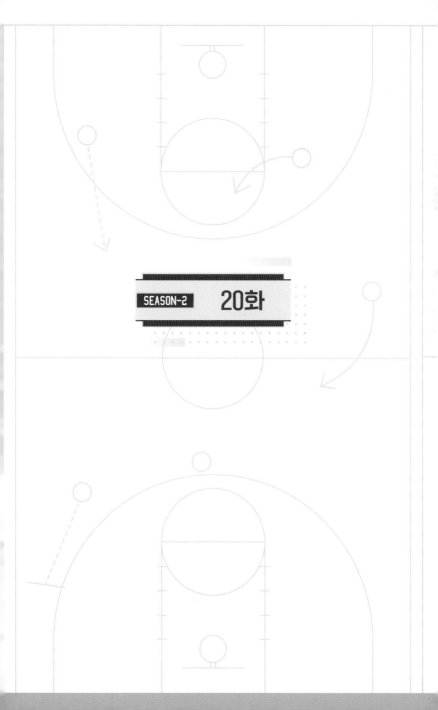

SEASON-2 20화

GARBAGE TIME

인석이의 능력을
최대로 활용할 수
있는 건

우리 팀엔
신우 하나뿐이긴
하지만

대학 주전급의
포인트가드라면
누구든 가능하겠지.

하지만

신우의 느린 발을
커버해줄 만한 스크린을
가지고 있는 건

그걸 못 해내서
7분 만에 도루묵이
돼버렸어요.

감독님도
죄송해요.

저는…

잠깐만.

만약

다은 햄!

애초부터 스크린을
이용하지 못하게
만든다면…?

*아이스인가?

*볼 핸들러의 경로를 스크린 반대 방향으로 강제하는 것.

하지만
그렇게 했다간
다를 게 없어.

107

분명

오케이!

좋아쓰~!

…방금은
보통의 아이스와는
달라.

아이스 디펜스는
핸들러의 수비자가
스크린을 견제하기 위해
상당히 앞으로 나오는 모양새라
거의 돌파를 당하고
시작하는 거나
다름이 없어.

때문에
스크린의 수비자가
핸들러를 견제하면서
핸들러의 수비자가
*리커버리할 시간을 벌어야 하고
그 순간 스크리너에게
찬스가 생긴다.

조신우라면 당연히
그 틈을 놓치지
않았을 거야.

*원래의 마크맨으로 되돌아가는 것.

이런 디펜스가
가능한 이유는

아이스를 하면서도
돌파를 당하지
않기 때문.

즉

하지만
지상고 7번은
조신우를
견제하지 않고

처음부터
강인석에게 오는
패스 길을
막고 있었다.

박병찬이를
상대할 때와는 다르게
이번엔

우리가 이렇게
쉽게 막힌다고…?

그럴 리가 없어.
운이 따른 거뿐이야…!

신우!

이 대 이는
그만둬!

다른 방법으로
공략해라!

그렇게는
안 되죠.

하핫.

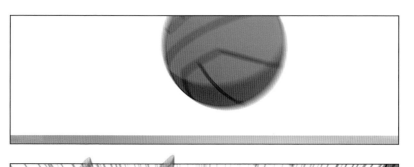

온다!

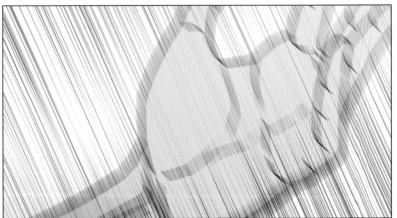

!?

우오오옷!!!

타임!
타임!

나이스 블락!!!

신유고
타임아웃!

상호!

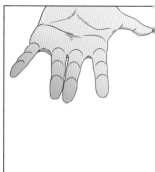

다들 아주
잘 버텨줬다.

그리고 희차이
니는 이번에…

재유랑
교체한다.

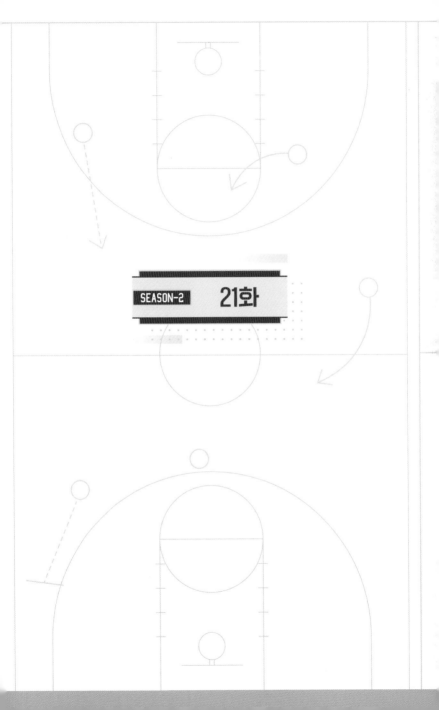

SEASON-2   21화

GARBAGE TIME

좋아.

재유에게 향하는 어그로는

충분히 끌어놓은 거 같구만.

가벼운
탈진 증세를 보였던
4번이 다시
들어오긴 했는데…

신유고의
투쓰리를 뚫을 수
있으려나?

재유 햄은
어떻게
공략할까?

……

이쯤…

하나
터져주면
좋겠는데.

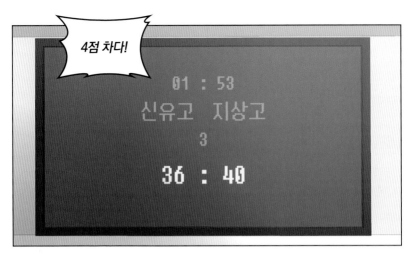

어떻게든 하겠지 뭐.

강인석을 이용할 방법은 이 대 이가 아니어도 많으니까.

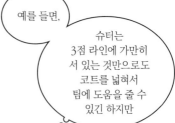

예를 들면,

슈터는 3점 라인에 가만히 서 있는 것만으로도 코트를 넓혀서 팀에 도움을 줄 수 있긴 하지만

강인석 같은 빅맨이 3점슛이 된다면 더 효과가 크지.

작은 녀석의 컨테스트로는 강인석의 3점슛을 견제할 수 없기 때문에

비슷하게 큰 상대 빅맨이 3점 라인까지 나와줘야 하거든.

하지만 그런 식으로 빅맨이 골 밑을 비워버리면

결국 골 밑이 만만해지는 거지.

01 : 31

신유고   지상고

3

38 : 40

나이스!

방금은

지상고 31번이
돌파를 허용한
시점에서

23번이 일단
신유고 4번을
막아섰어야 했는데
그러질 못했어요.

23번도
많이 지친 바람에
수비 범위가
좁아진 거같이
보여요.

이래서는
지상고 7번이
골 밑을 비워야 하는
상황이 더
치명적이겠네요.

태성 햄!
쫌만 참아라!

이제 3쿼터
2분도 안 남았다!

X발…

이제
4쿼터까지 뛰는 건
어렵지 않다고
생각했는데…!

이거
위험하겠는데.

오늘 게임이
태성이한테는
힘들겠다고
생각하긴 했지만

아! 안다고!

JISANG

23

7번의
활동량을
쫓느라

예상 이상으로
빨리 체력을
소모했다.

미안한데   태성이 니가
아무리 힘들어도

니 자리는
교체해줄 사람이
없다.

안으로 들어오면 무조건 둘러싸버려!

그나마 다행인 점은

쉬다 다시 나온 재유가

여전히 감이 좋아 보인다는 것.

이 정도로
들리게 말했는데도
안으로 파고들진
않겠지.

차라리
3점을 던지게
하는 쪽이
나아.

4번은
돌파가 훨씬
위협적이니까.

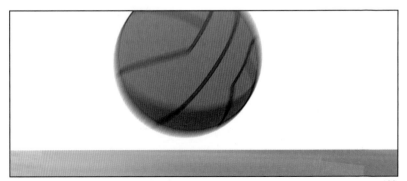

칫…!

김다은!

비하인드
패스…!

근데…

오늘은 내가

키야~!

기가 막힙니다!

7번 또 어느새…!

활동량이 미쳤어!

일대일이다!

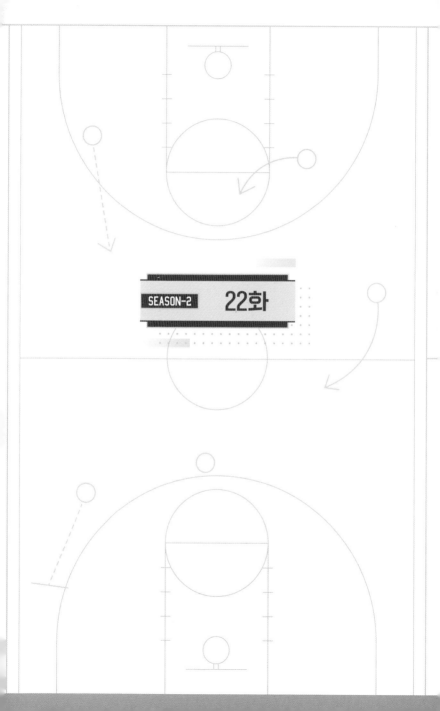

SEASON-2 22화

GARBAGE TIME

파울이다!

괜찮아!
괜찮아!
자유투다!

잘 끊었어.
어차피 쟤 자유투
반타작도 못 해.

저 씨X…

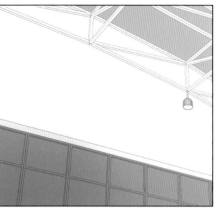

자유투 루틴은 무슨 월드클래스네.

왜 이렇게 꼴 보기 싫지?

X나 패고 싶다.

내…

*헤드볼 : 상대적인 선수 한 명 또는 여러 명이 한 손 또는 두 손으로 볼을 꽉 잡고 있어,
난폭한 방법이 아니고는 볼을 차지하여 컨트롤할 수 없을 때 선언되며 점프볼로 소유권을 가린다.

一놔!!!

약간(?)의
소란 끝에
태성이는 겨우
진정을 찾았다.

다행히
코뼈나 이에는
큰 문제가 없었지만

이게 그
근강불괴 그건가?

4쿼터가 시작되고도
*피가 멎지 않는 탓에
코트에 다시
나가지 못하고 있었다.

*경기 중 선수에게 출혈이 생긴 경우 상처 부위를 완전히 봉합하거나 출혈이 멈출 때까지 경기에 나설 수 없다.

골 밑이 낮아진 사이
강인석은 수월하게
득점을 쌓아 올렸고

결국엔
리드를 빼앗겼다.

그나마
재유의
득점으로

간신히
점수 차를
붙잡고 있는
상황이었다.

아~

오늘은 거의
다 맞췄는데.

......

맨날 내 혼자
하는 게 있거든?

오늘은
이길 수 있을까

몇 점 차
승부일까

경기는
어떤 내용일까
맞추는 긴데 여간
어려운 게 아이란
말이지.

조형고 경기 때는
갑자기 알지도 못하는 놈이
튀어나오질 않나

양훈사대부고 때는
재유 발목이
돌아가질 않나….

오늘은
거의 다
맞췄거든?

재유가 많이
득점해줄 거라는 거도,
상호가 이 대 이를
막아줄 거라는 거도.

근데 딱 하나
생각 못 한 거는

니가
저쪽 7번한테
질 거라는 거.

그거뿐이다.

…거참
미안하네요.

맨날

기대 이하라서.

전 농구부 와서
여태껏 한 번도
매치업 상대한테
이겨본 적이 없어요.

애초에
어렸을 때부터
농구 해온 애들인데

못 이기는 게
당연하잖아요.

공태성!

니 코 괜안나?

뭐고!? 니들이 왜 여길…!

그냥 간만에 잘하고 있나 싶어서 보러 왔다.

아니 여기가 얼마나 먼데….

건 니 알 바 아이고 좀 괜안나?

뭐? 얼굴? 괜찮은데?

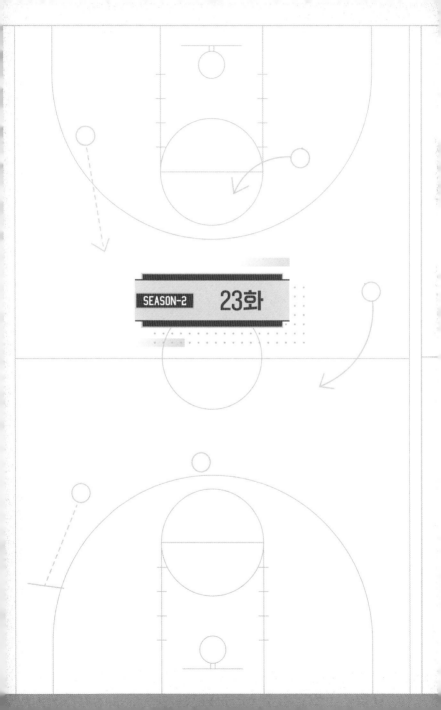

SEASON-2 23화

GARBAGE TIME

난 학기 초에
친구 만드는 데는
서툰 편이었다.

정확히는 먼저
말 걸어주는 애들이
잘 없었지.

성격 나쁜 게
얼굴에
티가 나선지

또래 애들보다
훨씬 커서
무서워 보였던 건지

아니면
둘 다였는진
모르겠지만.

저거 농구화
아니라니까,
븅X아.

이쁘다···

찰칵

찰칵

그냥 패션
농구화구만.

패션 농구화는
농구화 아이가?

옛날 선수들은
다 저런 거 신고
뛰었는데.

아!
아무튼 그런 게
있다니까!

185

농구 해본 적 없는데….

아 씨…

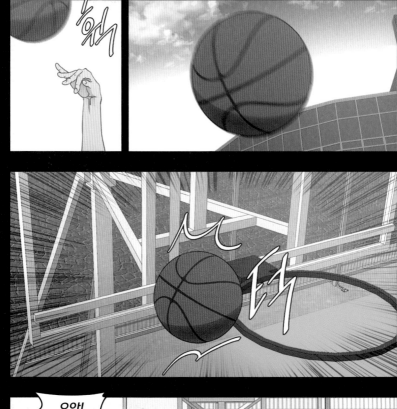

으악!
꼈다…!

아 뭔데?
처음부터.

신발
날려보자.

뭐…
뭐고…!?

이게 뭐
대단한 거라고…

뛰는 거 보니까
할 수 있을 거
같은데!?

함 보여줘!!!

나한테는
처음 있는
일이었다.

어렸을 때부터
엄마 아빠가 시키는 대로
이런저런 학원은
다 다녀봤는데

피아노 학원

미술 학원

요리 학원

딱히 잘하는 건
없었거든.

근데

태어나서 처음으로
남들보다 잘하는 게
생기니까

그게 그렇게
사랑스러울 수가
없었다.

그 뒤로

지호, 준서,
철규와는

한 시간 일찍
등교해서 농구

점심 먹고
농구

체육 시간에
농구

학교 끝나고
근처 공원에서
농구

그렇게

교복이 땀에 절어서
소금 자국이 생기고 나서야
집에 가는 게
당연한 일상이 돼버렸다.

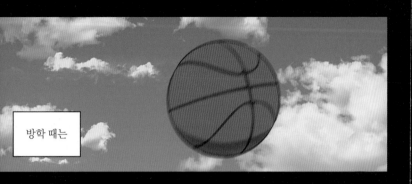

방학 때는

길거리
농구 대회.

가까운 데에 대회가 없으면
우승 상금보다 차비가
더 나오는 곳까지 가서라도
대회에 나갔다.

딱히 다른 애들보다
기술이 좋았던 건
아니었지만 이기는 건
어렵지 않았다.

어느 중등부 대회를
나가든 내가 제일
크고 세고 빨랐으니까.

하지만

고등학생이
되면서

철규와 준서는
다른 학교로
떨어져버렸고

이제 당분간은
농구 못 하겠다.

시간이 없네,
시간이.

지호는
학원을 두 개나 더
다니게 됐다.

199

200

농구부
들어올래?

안 돼.

아 왜~~~!!!

이제 와서 농구는 무슨…

농구만 하게 해주면 뭐든지 다 할 테니까…

이번 시험 평균 90점 맞아 오면 생각해볼게~

…그거면 되는 거지?

약속했다?

그건 해봐야
아는 거지.

아무튼
잘해봐라.
내 간다.

아 맞다.

니네 반에
서은재 있다
아이가?

함
도와달라 해봐.
걔가 우리 학교
1등이니까.

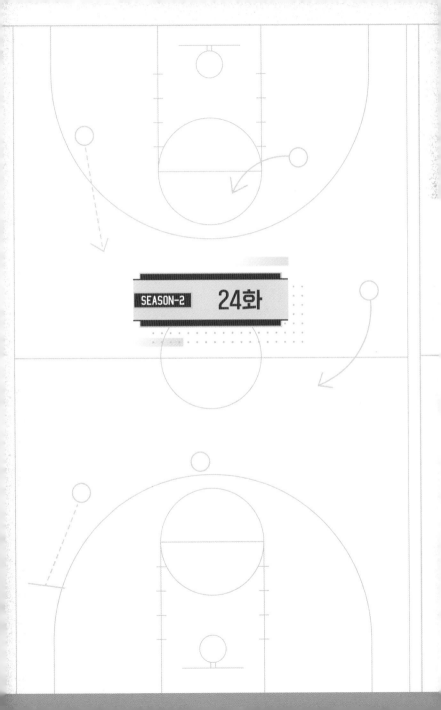

SEASON-2 24화

GARBAGE TIME

친하냐고?

하나도
안 친한데….

쭈뼛

쭈뼛

그냥 내랑
비슷한 데 사는 건지
초등학교 때부터 쭉
같은 학교여서

세 번인가 네 번인가
같은 반이 됐다뿐이지
딱히 엮여본 적도 없고….

그도 그럴 게

난 은재 같은
종류의 아이들을
좋아하지 않았다.

내 필기 쫌
보여주라.

어떤 거?

자.

영어… 국어…
국사…

그냥 전부 다.

오 땡큐.

또 농구?

예상외네.

학교 와서 농구밖에
안 하길래 성적 같은 건
신경 안 쓰는 스타일인 줄
알았는데.

난 또
농구 선수
되려는 줄.

될 건데.

215

저번엔 몇 점이었는데?

73점.

예상외로 아예 바보는 아니었네.

그만해라 진짜. ♪

근데 시험 2주도 안 남았는데 그게 가능한가?

2주 동안 죽자고 밤새워서 하면 되겠지 뭐.

아니면 뭐…

공부하는 거 쫌… 도와주든가….

내가 왜?

농담이고

아 진짜….

대신

**내 부탁 쫌
들어주라.**

은재가 나에게
부탁한 건

당분간
은재의 하굣길을
함께해주는 것이었다.

이 정도면
완전 공짜지.

들어보니까
우리 집이랑 먼 데
같지도 않고….

알고 보니
은재에게는

덩치가 특별히
큰 내가

경호 비슷한 걸
해주길 원했다.

집요하게
전화번호를 물으며
귀찮게 구는 악당 무리가
있었고

니들

뭔데 자꾸
쫄래쫄래
따라오는데?

니, 니
1학년이제!?

우리
누군지 아나!?

우리 2학년…

2학년이면
뭐 우야라고?

2학년이라
두 배로
맞겠다고?

쯥.

여기서
잠깐만 기다려.

어.

여기.

공태성!

오오!
이래 귀한 걸….

뭔데
이게?

족보.

열심히 해봐.
모르는 거 있으면
물어보고.

오늘
고맙디.

잘됐으면
좋겠다.

조심히
들어가.

네.

아, 엉….

집 델따주는 게
뭐 어렵다고…

평생 해줄 수
있는데….

그 뒤로
은재는 진심으로
날 도와줬고

시험 날짜는
금방 다가왔다.

기분 나빠가지고…

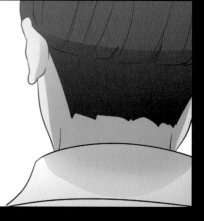

왜?

수학…
답안지…

밀려
쓴 거 같다…

국사	100	1/353
수학	96	12/353
국어	100	1/353
영어	100	1/353
사회	100	1/353
과학	98	13/353
기술가정	100	1/353
체육	100	1/353
미술	100	1/353
음악	98	35/353
평균	99.2	1/353

수학만
안 밀려 썼으면…

교과	원점수
국사	96
수학	39
국어	92
영어	100

영어	100	17
사회	96	14/
과학	98	13/
기술가정	100	1/3
체육	100	1/3
미술	100	1/3
음악	100	1/3

기술가정	100	1/
체육	100	1/
미술	100	1/
음악	100	1/
평균	92.1	17

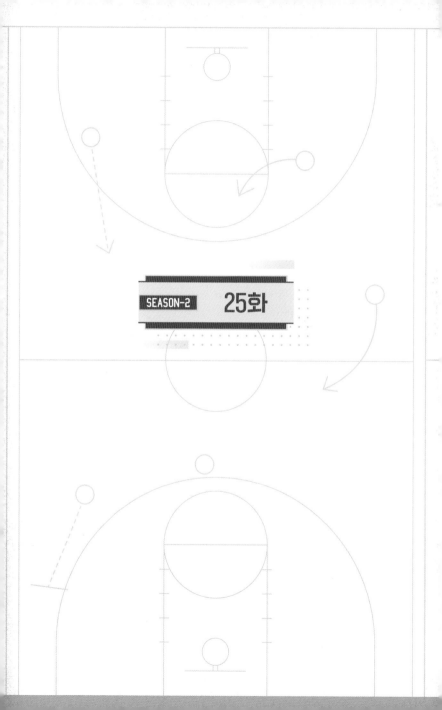

SEASON-2 25화

GARBAGE TIME

…

태성아….

니 이제 학교
안 나오는 거가?

의대 가자.

아 쫌!!!
약속 지키라고!

어.
실력 따라가려면
유급해야 한다 하대.

아쉽다.

이제
겨우 친해졌는데.

뭐지
고백각인가

그, 그래도
니 응원부 연습 가끔
체육관에서 하니까
몇 번은 마주칠지도….

그런가?

근데 이제
안 데려다줘도
되는데.

걔들도 이제
안 쫓아다니는 거
같고.

호, 혹시
모르니까….

내가 쟤
혼자 연습하는 거
몇 번 봤는데

신경 쓰지
말고 니들
할 거나 해.

엄청 잘
뛰더라고.

1학년 중에
저 덩치에
그만큼 뛸 수 있는 애는
흔치 않아.

오 잘 뛰네.

으쓱

…끝?

이 자식 정말
대단하구나!

쫌 더 격한
리액션이 나오길
바랐는데…

우리 농구부에
이런 인재가 들어오다니!
이제 우승이다악!!!

왼손 레이업도
한번 해봐.

하긴 여기에 뭐 덩크
한두 번 보는 사람들
있는 거도 아이고…

옙.

다른 학교엔 내보다
더 크고 잘 뛰는 사람도
많겠지.

어차피 이럴 줄은
이미 다 알고
있었다고.

탕

지금은 허접해도
내년에는

242

아무한테도
안 질 거다.

탱

아!?

......

내가 농구부에
들어가고 얼마
지나지 않아서

다은이가
들어왔다.

근처에 키 크고 운동도
잘하는 녀석이 있다는
소문을 들은 코치님이
수소문 끝에 잡아왔다.

오오오!
점마는 태성이보다도
큰 거 같은데?

다은이는
중학교 때까지
축구부에서 뛰었고

저기 바가지머리
있지? 동갑내기니까
친하게 지내.

앞으로 둘이
같이 연습할 거니까.

모르는 거 있으면
태성이한테 물어보고.

짜슥, 내가 쫌
가르쳐줘야겠네.
으쓱

나랑은 다르게
농구는 아예
해본 적이 없었다.

푸핫!

아니 태성아!
세 발 걸으면
트래블링이잖아!

아이씨,
스텝 엄청
헷갈리네…!

저게 어렵나?

쟤들은
처음 하니까
어려운 거고

니도 맨 처음에
레이업했을 때
엄청 어려워했을걸?

몰라.
기억도 안 난다.

김다은,
너도 한번 해봐.

옙.

그래, 저렇게
하는 거라니까.

야! 성준수!
너 왜 태성이 제대로
안 알려줬어!?

몰라요. 전 둘 다 똑같이 가르쳐줬는데요?

김다은은 원래 양손잡이라 편하게 하는 거라고요.

양손잡이라고 한쪽 연습하면 반대쪽도 저절로 되는 게 아님.

쳇

초등학교 때부터 운동을 해왔던 다은이는

농구부에도 빠르게 적응했고

태성아, 방금처럼 낮게 던지면 들어갈 것도 안 들어간다니까?

다시 던져봐.

아, 옙.

야, 준수!

태성이 제대로 알려준 거 맞아!?

쟤 이상한 버릇 있어가지고 가르쳐준 대로 금방 못 바꾼다고요.

금방 나를 추월했다.

태성아! 그건 니가 해결해줘야지!

레이업할 때 공 지키라고 그랬잖아!

그렇게 가만있으면 쓰리셋이라고 몇 번 말해!?

공태성!

또
걷는다
걸어!?

내가
제자리를
걷는 동안

빨리 따라붙어!

나보다도 훨씬
초보자였던
다은이에게
불과 몇 달 만에
따라잡혔다는 사실이

네 바퀴만
더 뛰면 돼!

나를 너무너무
창피하게
만들었다.

내가 있을 데가
아닌 건가?

뭐야?

태성이
어딨어?

학교엔 꼭
그런 부류의
애들이 있다.

그냥 생각 없이
되는대로
시간 죽이면서
사는

잘하는 것도
없고

하고 싶은 것도
없고

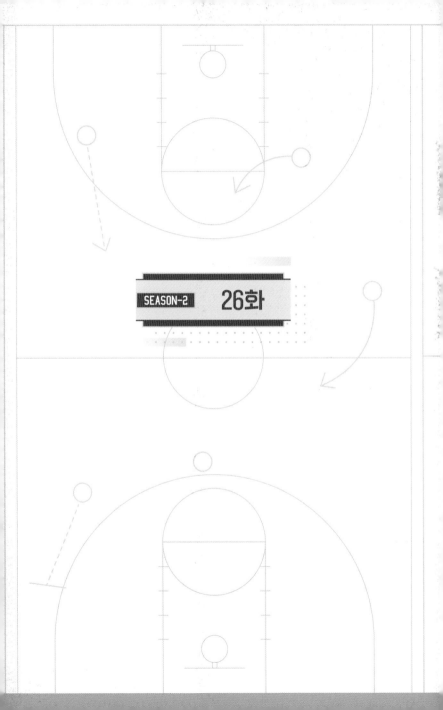

SEASON-2 26화

GARBAGE TIME

뭘 그래
두리번거리노?

아, 아이다.

공태성 이 독사 같은
X끼 또 안 오네.

오늘 속공 연습한다니까
빠지는 거지.
이래가지고 일정 미리
알려주면 안 된다니까.

준비됐제?

한 번에 끝내자~!

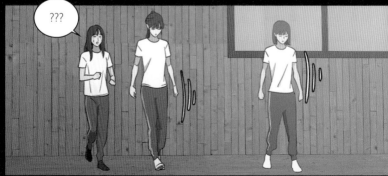

???

어디
다쳤는데!?

발목?

서은재!

263

…왜
왔는데?

니 다쳤다
해가지고 혼자 가기
불편할까봐…

업어줄까?

혼자 못 걸을 정도는
아니거든? 병원에서 목발
쓰는 게 좋을 거래서
쓰는 거지.

…?

쫌 괘안나?

니 아쉽겠다.
첫 공연이라
엄청 기대했었는데…

…니 지금

운동 가야 할
시간 아이가?

266

…아, 됐다!

좋아했던 만큼
사랑받지 못하면

그게 그렇게
미울 수가 없다.

지는 게 그만큼
싫었던 거 같습니다.

태성이!

니답지 않게
뭐 그래 풀이
죽어 있노?

친구들도 보러
와줬는데 멋있는 거
하나 보여줘야지.

쟤들이 말은 막 해도

우리 골목대장이 저딴 놈들한테 질 리가 없다!

이런 마음으로 멀리서 응원하러 온 거 아니겠나?

골목대장은 말 그대로 골목대장일 뿐이죠.

저도 제가 뭐라도 된 줄 알았는데

그냥 우물 안 개구리였어요.

처음엔
1년 유급하면서
연습하고 하면
누구든 다 이길 거라
생각했는데

우물 밖으로 나와보니까
1년이 아니라 평생 해도
못 쫓아갈 거 같은 놈들만
한 무더기더라고요.

감독님 말씀이
맞았어요.

뭣도 없는
주제에
자존심만 있는

그냥 열등감
덩어리였네요.

열등감,
질투…

다 내가
제일 좋아하는
에너지라고.

내는 내보다
잘난 놈들 볼 때마다
그런 생각이 들었거든?

재수 없는
자식들.

다음에 만나면은
훨씬 잘해져서
전부 다 발라버릴 기다!

그러니까
니도

그 넘치는
에너지

멍청하게
소비하지 말고

딱 저거.

저거 하나에만
집중하는 기다.

알겠제?

그러면은
지금부터

내 하는 말

가비지타임 7

초판 1쇄 발행 2023년 11월 15일
초판 2쇄 발행 2024년 6월 1일

지은이 2사장
펴낸이 김선식

부사장 김은영
제품개발 정예현, 윤세미 **디자인** 정예현
웹툰/웹소설사업본부장 김국현
웹소설1팀 최수아, 김현미, 심미리, 여인우, 이연수, 장기호, 주소영, 주은영
웹툰팀 이주연, 김호애, 변지호, 안은주, 임지은, 조효진, 최하은
IP제품팀 윤세미, 설민기, 신효정, 정예현, 정지혜
디지털마케팅팀 지재의, 신혜인, 이소영
디자인팀 김선민, 김그린
저작권팀 한승빈, 윤제희, 이슬
재무관리팀 하미선, 김재경, 윤이경, 이보람, 임혜정 **제작관리팀** 이소현, 김소영, 김진경, 박예찬, 이지우, 최완규
인사총무팀 강미숙, 김혜진, 지석배, 황종원 **물류관리팀** 김형기, 김선민, 김선진, 전태연, 주정훈, 양문현, 이민운, 한유현
외부스태프 하마나, 정예지(본문조판)

펴낸곳 다산북스 **출판등록** 2005년 12월 23일 제313-2005-00277호
주소 경기도 파주시 회동길 490
전화 02-704-1724 **팩스** 02-703-2219 **이메일** dasanbooks@dasanbooks.com
홈페이지 www.dasan.group **블로그** blog.naver.com/dasan_books
종이 아이피피 **출력·인쇄·제본** 상지사 **코팅·후가공** 제이오엘엔피

ISBN 979-11-306-4682-4 (04810)
ISBN 979-11-306-4680-0 (SET)

• 책값은 뒤표지에 있습니다.
• 파본은 구입하신 서점에서 교환해드립니다.
• 이 책은 저작권법에 의하여 보호를 받는 저작물이므로 무단 전재와 복제를 금합니다.

다산북스(DASANBOOKS)는 독자 여러분의 책에 관한 아이디어와 원고 투고를 기쁜 마음으로 기다리고 있습니다.
책 출간을 원하는 아이디어가 있으신 분은 다산북스 홈페이지 '원고투고'란으로 간단한 개요와 취지, 연락처 등을 보내주세요.
머뭇거리지 말고 문을 두드리세요.